Arnold Schröder

Der neue Gerstäcker

Ein abenteuerliches Bilderbuch für Gross und Klein

Arnold Schröder

Der neue Gerstäcker
Ein abenteuerliches Bilderbuch für Gross und Klein

ISBN/EAN: 9783743444829

Hergestellt in Europa, USA, Kanada, Australien, Japan

Cover: Foto ©Andreas Hilbeck / pixelio.de

Manufactured and distributed by brebook publishing software (www.brebook.com)

Arnold Schröder

Der neue Gerstäcker

Der neue Gerstäcker.

Einleitung.

Viele Jahre sind entfloh'n
Da erschien ein kleiner Sohn,
Schreiend, zappelnd bei der Nacht,
Den ein Storch herbeigebracht.
Als die Nacht allmälig lichter
Und der schöne Tag begann,
Kamen allerlei Gesichter
Bei dem neuen Bürger an —
Onkels, Basen, Nichten, Tanten,
Die den Schreihals reizend nannten.

Einleitung.

Onkel Schorse sprach „ei, ei,
Macht der Kleine ein Geschrei!"
Und die dicke Tante Lotte
Sprach prophet'schen Angesichts:
„Paßt mal auf, o Gotte, Gotte,
Das wird mal ein Taugenichts.

Fritze hieß er in der Taufen —
Mit 'nem Jahr konnt' er schon laufen,
Und was weiter drauf geschah —
Dafür ist das And're da.

Erstes Kapitel.

Dies ist Herr Höpfner, sein Bemühn
Ist, brave Kinder zu erziehn,
Denn wenigstens seit vierzig Jahr
Er Lehrer in der Schule war.
Fritz aber thut den alten Mann
Stets ärgern, wo er ihn nur kann.

Der neue Gerstäcker.

In Höpfners schönsten Rauchtabak
Gießt Tinte dieser Schubbijack.

Erstes Kapitel.

Herr Höpfner, den das Alter drückt,
Geht von Natur aus sehr gebückt.

Fritz aber sagte: wartet nur,
Wie ich verbeſſ're die Natur.
Als nun die Schule endlich aus,
Herr Höpfner will zum Mittagsſchmaus,
Nimmt Fritze einen dicken Stein,
Packt ihn in Höpfners Taſche ein.

Erstes Kapitel.

Herr Höpfner muß nun gerade wandern,
Und Fritze freut sich mit den Andern.
O alter Mann, welch' große Last
Du doch von deinen Schülern hast!

Zweites Kapitel.

Hier seh'n wir eine große Mauer,
Und Fritz sitzt oben auf der Lauer.
Herr Höpfner will als Organist
Zur Kirche gehn, weil's Sonntag ist.

Durch die Gasse muß er kommen,
Drum hat Fritz hier Platz genommen.
Als Höpfner kommt zum „Diesdingwendum"
Da ist der richtige Moment um

Zweites Kapitel.

Ihm Zunder auf den Hut zu legen,
Und Fritz ist wirklich so verwegen.
Es weht der Wind, es glimmt der Zunder
Und nächstens brennt der ganze Plunder.

Als Höpfner in die Kirche geht
Sein Hut in hellen Flammen steht.
Er freut sich sehr der Thunichtgut,
Und Höpfner hat nun keinen Hut.

Zweites Kapitel.

Herr Höpfner kann es nicht begreifen —
Des Pastors böse Blicke schweifen.
Hier steht der arme alte Mann
Und sieht sich seine Krempe an.

Weil dies nun war 'ne Schlechtigkeit,
So ist die Strafe auch nicht weit.

Drittes Kapitel.

Auf diesem Thurme wohnen Raben
Die auch bereits schon Junge haben.
Hier sehn wir auch den Rabenvater,
Und einen Wurm im Schnabel hat er.
Fritz voller Mordlust und Begier
Will gern ein junges Rabenthier.

Drittes Kapitel.

Schon wittert jene einzelne Krähe,
Daß Fritz mit Bosheit in der Nähe.
Mit Hinterlist und einer Schlingen
Thut er zwei Raben an sich bringen.

Hier hat er zwei, seht wie sie schrein,
Doch Fritze hat ein Herz von Stein.
Er oben in der Luke steht,
Der Wind pfeift, der vorüber geht.

Drittes Kapitel.

15

Nun schlägt der Wind die Luke zu
Und Fritze fällt vom Thurm im Nu.

Der große Zeiger fängt ihn auf —
Fritz hängt mit seiner Hose drauf.
Die beiden Raben krampfhaft faßt er —
Die Hose ist von Sammet-Manchester,
Und solche Hosen sind sehr fest —
Fritz hat hier Zifferblatt-Arrest.

Drittes Kapitel.

Hier kommen schon zwei Ehegatten,
Die keine Ahnung davon hatten.
Sie rufen aus bei Fritzens Schrein, —
„Das kann nur unser Junge sein."

Ein großer Zeiger dreht sich immer,
Fritz seine Lage wird schon schlimmer,
Denn wenn die Uhr erst halb wird schlagen
Kann ihn der Zeiger nicht mehr tragen.
Der Junge baumelt nur noch eben,
Die eine Krähe zeigt noch Leben.

Drittes Kapitel. 19

Man schleppt, was einzig retten kann,
Ein großes Federbett heran.
Als nun die Thurmuhr grad halb neun
Schlägt, purzelt Fritz pardautz hinein.

Die Eltern haben ihren Knaben,
Doch todt sind beide junge Raben.

Das arme Rabenelternpaar
Zerraufte sich das Rabenhaar.
Der Menscheneltern Jubel schallt —
Die Rabeneltern starben bald.

Viertes Kapitel.

Im wunderschönen Monat Mai,
Besitzt Frau Storch bereits das Ei.
Die Störche klappern vor Vergnügen,
Weil sie demnächstens Junge kriegen.

Vier Eier brütet man nur aus,
Das fünfte fliegt zum Neste 'raus.
Fritz, der schon 30 Jahre zählt,
Hat außerdem sich auch vermählt.

Was bei dem Storch im Ueberfluß
Heißt unten noch — non possumus.
Non possumus — non possumus
O Jemine — non possumus.

Aus Abgunst und aus Uebermuth
Vernichtet Fritz die Storchenbrut,
Und nimmt als Storchens nicht zu Haus,
Sich zwei der schönsten Eier 'raus —
Und dann um gänzlich schlecht zu sein,
Legt er zwei Rabeneier 'nein.

Viertes Kapitel.

Der Storch besieht das neue Ei
Und ahnt jedoch noch nichts dabei.

Doch brütet man voll Schreck und Graus
Zwo Störche und zwo Raben aus.

Und eo ipso — dies Mallöhr
Entsetzt die braven Eltern sehr.
Der Vater Storch schrie voll Entsetzen:
„Die schwarze Brut will ich zerfetzen,
Denn meine Kinder — sapperlot!
Die kleiden sich ja schwarz-weiß-roth."
Und darum mordete er sie
Aus Eifersucht und Jalousie.

Dem ungetreuen Eheweib
Durchbohrte er den falschen Leib.
Für fern'res Leben nur noch stumpf,
Ergab er sich dem höh'ren Sumpf.

Viertes Kapitel.

Denn dieser Storch hat Ehrgefühl
Und ärgert sich hier en profil,
Bis er vom Sperling Alles hört,
Was ihm geschah und Rache schwört.

Nach Afrika fliegt er geschwind
Wo viele schwarze Mohren sind,
Und späht nach einer Rächmotive
Aus seiner Vogelperspective.

Viertes Kapitel.

Im nächsten Frühjahr kam er wieder —
Fritz geht im Zimmer auf und nieder,
Er schüttelt seinen Kopf bedenklich,
Denn seine Frau ist etwas kränklich —
Auch diese Frau hier — Wittwe Troll
Erwartet, was da kommen soll.

Im Schornstein bullerts — ei der Daus!
Wie sieht der kleine Sohn denn aus?
Aus Rache für die schwarzen Raben
Kriegt Fritz hier einen Mohrenknaben. —
So schwarz, wie Tinte, Pech und Theer,
Wie Stiefelwichs' und Heidelbeer',
Wie Ebenholz und Finsterniß,
Was jedenfalls doch duster ist,
So schwarz, wie Kienruß ist der Mohr —
Das ist die Strafe auch dafor.

Fünftes Kapitel.

Amerika! Amerika!
Der Fritze war schon mehrmals da,
Und war durch Fahrten allerhand
Mit den Indianern wohl bekannt.
Beim Stamme der Comanches
Erlebte er gar Manches.
Hier bei dem Niagarra,
Giebt es auch Jaguara.

Weil es ihm stets Vergnügen macht,
So sehn wir Fritzen auf der Jagd,
Der Wilde riecht die Fährte — und
Benimmt sich hier als Vorstehhund.

Fünftes Kapitel.

Gemüthlich sitzen hier zwei Panther,
Ganz hinten noch ein Anverwandter.

Jetzt kommt schon ein Indianer vor
Und schießt den einen durch das Ohr,

Und auf des Panthers Hintertheil
Entsendet er den zweiten Pfeil.
Der Panther denkt — das Donnerwetter! —
Was kann da sein? Que peut la être.
Ich glaube gar die schießen hier,
Das Beste ist — ich drücke mir.

Der Andere kriegt 'nen Schuß von Fritzen
Und muß sein schönes Blut verspritzen.

Fünftes Kapitel.

39

Er dreht sich wie ein Kreisel rum,
Und als er todt ist, fällt er um.

Hier liegt der schöne Jaguar
Der eben noch lebendig war.

Fünftes Kapitel.

Ein Pantherfell ist Geldes werth,
Und von Indianern sehr begehrt,
Drum, ohne daß dabei viel Lärm is
Entzieht man ihm die Epidermis.
Als Fritz das Pantherfell nun sieht,
Durchleuchtet etwas sein Gemüth:

Nämlich da schon seit der Griechen-
Zeit die Thiere sich beriechen —
Cujus generis zu wissen
Instinctivisch sind beflissen,
Faßt er die Sache schnell an
Und zieht das Jaguarfell an,
Dann zieht er aus der Tasche
Geschwind 'ne kleine Flasche,
Und bindet mit Verstand sich
Die Flasche untern Schwanz sich.

Fünftes Kapitel.

Und hüpft gleich einem Vieh
Hinein in die Prairie.
Hier ein alter Jaguarvater
Schleicht sich 'ran grad wie ein Kater.

Schleicht heran mit leisen Kriechen
Und will heiter ihn beriechen.
Fritze hebt den Schwanz bedächtig
Und der Jaguar wittert mächtig,

Fünftes Kapitel.

Kaum doch hat er seine Nase
Bis zu dem verfluchten Glase,
Muß das Thier sich niederstrecken
Und lebendig hier verrecken.
In dem Glas war Chloroform
Und die Wirkung war enorm.

Fritze fing in diesem Jahre
Noch an hundert Jaguare.

Sechstes Kapitel.

Gerstäcker mit dem Paraplü
Durchwandert rauchend die Prairie,
Ein Abenteuer fürchterlich
Das wünscht er sich so inniglich!
Doch kaum hat er das Wort gedacht,
Als hinter ihm es stöhnt und acht,

Sechstes Kapitel.

Und zwanzig Schritte weit im Gras
Ich dacht' es doch — da liegt auch was.
Ein Löwe liegt hier auf der Seit',
Anscheinend hat er Herzeleid.
Gerstäcker doch der wußte schon,
Weshalb so krank der Wüstensohn,

Und gab dem fast crepirten Thier
Ein Oeffnung schaffendes Clystier.

Sechstes Kapitel.

Der Löwe geht sodann nach Haus,
Ein Cactus ist kein Veilchenstrauß. —

In Folge dessen nun sodann
Steckt Fritz die Pfeife wieder an.
Ein Dahomehscher Polizist,
Der schwarz und barsch von Worten ist,
Der hatte alles dies gesehen
Und rief: „Sie, bleiben Sie mal stehen!
'Nen Löwen haben Sie curirt!
Wo haben Sie denn promovirt?!
Sie scheinen doch, wie ich es mein',
Kein Roß- noch sonst ein Arzt zu sein!" —

Sechstes Kapitel.

51

Gerstäcker wußte nichts zu sagen.
Der Polizist nimmt ihn beim Kragen
Und steckt ihn dann, aus Bosheit noch,
Zu Dahomeh in's Hundeloch.

7*

Doch für diese Frevelthat
Daß er sich erdreistet hat
Einen königlichen Leu'n
So vom Leibweh zu befrei'n —
Soll von diesen schwarzen Heiden
Friedrich doch den Tod erleiden!

Eines Morgens um halb achte
Als er kaum im Bette wachte,
Kam wer, und der führt ihn weg
In die Löwengrube frech
Ja, 'nes Löwen Mittagsmahl
Sollt' er werden — höchst fatal!

Alles war nun schon versammelt,
Jeder Rettungsweg verrammelt,
Und der König auf dem Thron
Giebt das Klingelzeichen schon.

Sechstes Kapitel.

Der Löwe naht sich mit Gebrumm
Und Friedrich fällt in Ohnmacht um —
Sein Herz ganz schrecklich puppert ihm
Der Löwe der beschnuppert ihn.
Jemine! — wie ganz gelassen
Geht der Löwe — ohne Spaßen —
Kommt ganz nah an ihn heran,
Sieht ihn freundlich wedelnd an
Und giebt, wie einst Androklus,
Dem Fritze einen Freundeskuß!

Darob die hohe Polizei
Läßt ihn mit sammt dem Löwen frei.
Draußen vor Dahomeh's Thoren
Haben Beid' sich dann verloren.

Sind Löwen auch nicht sehr gescheidt,
Es ziert sie doch die Dankbarkeit!

Siebentes Kapitel.

Als Fritze still des Weges zieht
Kommt eine Schlange von Geblüt
Die Schlange rührt sich nicht und schaut —
Der Mensch bekommt 'ne Gänsehaut,
Denn diese Schlange wünscht von Fritze,
Daß er in ihrem Magen sitze.

Schwupps hebt sie sich spiralisch rund,
Fritz sitzt schon auf dem heißen Grund
Und trotz der Hitze scheint es — seht! —
Daß ihm schon was mit Grundeis geht.

Siebentes Kapitel.

Er möchte gern sich absentiren,
Die Boa kann schön zirkuliren
Und zieht nach hergebrachter Weise
Gefährlich ihre Ringelkreise,
Er klettert was er klettern kann.
An einem Palmenbaum hinan.

Der Kampf entspinnt sich bis auf's Messer
Dem Regenschirm ergeht's nicht besser,
Und auch der Stiefel — ungelogen
Wird hinterlistig ausgezogen.

Siebentes Kapitel.

Jetzt kommt die äußerste Gefahr
Doch nu wird's aber wunderbar —
Fritz fleht als streng kathol'scher Mann
Die Heiligen um ein Wunder an —
So à la Simson mit den Haaren
Vor so — und — so viel tausend Jahren.

Das hilft, die starke Kraft is da,
Er reißt die Schlange durch — Hurrah!

Siebentes Kapitel.

Nu ist sie todt man kann es sehn,
— Das nächste Mal laß Einen gehn.

Achtes Kapitel.

Fritz war nicht nur ein Schlangentödter,
Er war auch sonst ein Schwerenöther.
Einst ritt er heiter und fidel
In Nubien auf dem Kameel.

Achtes Kapitel.

Da schießt ein Nubier, sehr gemein,
Sein Dromedar in's Nasenbein.

Das Dromedar will das nicht haben,
Und steigt mit seinem Kopf nach baben.

Achtes Kapitel.

Ein zweiter Pfeil kommt mit Gesaus
Und wählt sich Fritz als Zielpunkt aus.

I, denkt er, Du verfluchter Mohr —
Quos ego! Töf! — mein Pfeifenrohr
Und that den schwarzen Negersmohren
Mit seinem Weichselrohr durchbohren.

Achtes Kapitel.

Der starb in Folge dieser Stiftung
Durch Tod und Nicotinvergiftung.

Schlußbemerkung.

Das Buch ist aus — das nächste Jahr
Erscheinet Fritz als Missionar
In Klöstern, Kirchen und Kapellen
Und sonst geheimnißvollen Stellen,
Auch andre Paters die da kamen
Und beteten — die ooch mit Damen,
Kasteit, geheuchelt und — gefischt,
Denn ohne Damen is et nischt.

Finis.